한 줄기 초록 바람

한 줄기 초록 바람

발행일   2018년 6월 27일

지은이   박 예 상
펴낸이   손 형 국
펴낸곳   (주)북랩
편집인   선일영   편집   권혁신, 오경진, 최예은, 최승헌, 김경무
디자인   이현수, 허지혜, 김민하, 한수희, 김윤주   제작   박기성, 황동현, 구성우, 정성배
마케팅   김회란, 박진관, 조하라
출판등록   2004. 12. 1(제2012-000051호)
주소   서울시 금천구 가산디지털 1로 168, 우림라이온스밸리 B동 B113, 114호
홈페이지   www.book.co.kr
전화번호   (02)2026-5777   팩스   (02)2026-5747

ISBN   979-11-6299-190-9 03810(종이책)   979-11-6299-191-6 05810(전자책)

이 도서의 국립중앙도서관 출판예정도서목록(CIP)은 서지정보유통지원시스템 홈페이지(http://seoji.nl.go.kr)와
국가자료공동목록시스템(http://www.nl.go.kr/kolisnet)에서 이용하실 수 있습니다.
(CIP제어번호: CIP2018018733)

(주)북랩 성공출판의 파트너

북랩 홈페이지와 패밀리 사이트에서 다양한 출판 솔루션을 만나 보세요!

홈페이지 book.co.kr   **블로그** blog.naver.com/essaybook   **원고모집** book@book.co.kr

한 줄기

초록바람

시집 박예상

북랩 book Lab

시집을 내면서

학창시절 어느 교수님의 한마디를 저는 아직도 지니고 있습니다. '사랑을 모르고는 인생도 시인도 될 수 없다'라는. 흔히 말하는 보편적 사랑은 물론이고, 감사, 배려, 양보, 협동 같은 것들도 사랑이라고 부르는 깊은 샘에서 비롯되는 것이 아닐까요?
저는 그것이 제 마음 뿌리의 하나라고 생각되는데, 그래서인지 제 시의 여기저기에 스며있는 것 같습니다. 그러려니 하고 넘겨주시기 바랍니다.

여기 있는 시들은 제 마음과 생각의 발자취라고 여겨집니다. 그래서 지금쯤은 흩어져 있던 그것들을 한자리에 모아 두고 싶었습니다. 그런데 그 모으는 작업을 하면서 문득 문득 마음 한구석을 살짝 누르는 것이 있었습니다. 그것은 읽어 주실 분들을 향한 보이지 않는 부끄러움이지요.

저는 누군가가 무엇인가를 발표한다면 작가의 '자기본위'보다는 '독자 공감'이 중요하다고 생각해 왔습니다. 작품의 유형을 말하기 이전에, 독자와 공유할 수 있는 어떤 여운, 울림, 감흥 같은 것 말씀이지요. 그 생각 때문에 지금도 마음속에는 작은 부끄러움이 맴돌고 있습니다. 그러나 그것 뒤에 숨어 버린다면 만남도 이야기도 나눌 수 없기에 이렇게 용기를 꺼냈습니다. 너그럽게 보아 주세요.

덧붙이고 싶은 말은 옆에서 미소로 도와준 가족과 흔쾌히 서평을 맡아 주신 한국문인협회 이경 교수님과 문학 이야기 나누어 주던 벗님들께 큰 감사드립니다.

2018년 초록빛 여름에

정들 박예상 올림

시의 차례

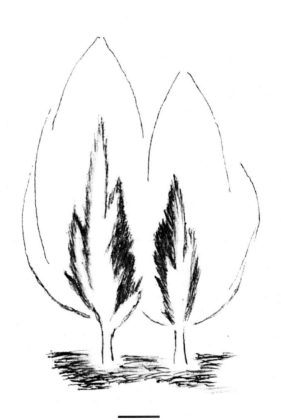

초록 희망

밤의 송가(頌歌)

—

붉은 노을 떠나고 나면
어느샌가 밤이 나타나
많은 것을 잠들게 하고
또 많은 것을 눈뜨게 한다

식탁 위 술잔들은 큰 눈을 떠서
모두의 사랑을 담아 나르고,
옥탑방 작가의 눈동자에는
내일의 작품이 싹을 틔운다

어둠이 짙어지면 밤은
전설 품은 달과 별로 수놓아 주고
새벽녘이면
이름 없는 풀꽃에도 이슬을 뿌려
초롱 초롱 아침을 마련해 준다

그래,
새 아침이 싱그러운 것은
밤의 영양이 넉넉한 덕분이고
우리에게 내일이 있는 것은
오늘의 밤 인심이 너그러운 덕분이다.

공원의 붉은 장미

—

작은 공원 밝혀 주는
한 그루 붉은 장미
잃어버린 여인인 듯 사랑했는데

어젯밤 몰아치던 비바람에
고운 빛깔 지켰을까
고운 향기 온전할까 가슴 조이다,

이른 아침 찾아간 그 장미꽃
오히려 밝은 미소로 나를 달랜다

때마침 스치는 한 줄기 바람
붉은 향기 흔들고

향기는 또 다시
가슴 속 사랑을 흔들고 있다.

새봄

—

포근한 햇살
향긋한 풀 내음
그렇게 봄이 다가와

촉촉이 대지 적시는
비가 내리면

닫혀 있던 가슴 속에
연둣빛 설레임 발돋움 한다

새여름 새가을 새겨울 없는데
이처럼 '새봄'이 있는 것은

아마도 그 안에
찬 겨울 이겨낸 꿈과 사랑의 싹
살포시 품고 있기 때문이겠지.

꿈 하나는

—

하루가 시작되는
아침이 문을 열면
머릿속 일정표가 등을 떠민다

이미 선택하고
이미 받아 든 행로이기에
오늘 또다시 달려야 하고

그냥 그렇게 달려온 시간
계절은 수도 없이 바뀌었는데

남은 것은 무엇인가
이룰 것은 무엇인가

아무리 조촐한 삶이라 해도
먹는 것 뛰어 넘어
무엇인가 꿈 하나는 있어야겠지

그래야
사는 힘도 사는 맛도 솟아날 텐데

지난날 많은 그림 지워 왔기에
푸른 솔 작은 새들 평화 지키는
하늘아, 너의 꿈 좀 보여 주렴아.

낙산사 거북이

해수관음상 바라보이는
낙산사 작은 연못
은은한 향기 품고
수련이 피었는데

작은 바윗돌 위에
검은 등 거북이
두 눈 감은 채 묵상을 한다

연꽃 향기 마음 채우고
맑은 햇살 몸 씻으며
관음보살 향하는
거북이의 맑은 영혼

시곗바늘 쫓기는 나에게
그 묵상 일깨워주는
낙산사 착한 거북이.

봄꽃 축제에서

—

초록빛 짙어 가는 사월
작은 공원 모퉁이에서
봄꽃들 한데 모여 축제를 연다

귀여운 개나리 막을 올리면
탐스런 벚꽃들 군무를 추고

예전보다 빨리 온
분홍 입술 영산홍 노래 부른다

살며시 비켜 선 라일락
보랏빛 향기로 유혹하는데

초청 받지 못한 나
변두리 벤치에 앉아
오늘노 또나시 꿈꾸어 본다

언제쯤이면 우리 가족
향긋한 만남의 축제 열 수 있을까.

대포항의 밤

—

별이 빛나는
대포항 깊은 밤

직판장 옥상에 붙은 대게는
별처럼 하늘 높이 올라가고 싶은데
그래도 차마 떠나지 못하는 것은

어깨 비비며 어울려 사는
활어집, 튀김집, 건어물집에서
넉넉히 피어나는 그 인심과

오색 꽃등길 따라 거니는
다정스런 모습들 사랑하기 때문이다

밤이 깊어도
항구의 문 앞에선
붉은 옷, 하얀 옷의 등대 한 쌍이

누구라도 맞이하겠다며
큰 눈 밝히는

이곳 대포항에는
은은한 바다 내음과 함께
인심의 향, 만남의 향이 풍요롭다.

° 강원도 속초시의 남쪽에 있는 대포항은 싱싱하고 저렴한 회센
  터로 유명하지요. 이곳에서 잡힌 대게는 직판장 꼭대기까지 올
  라갔지만 차마 떠나지는 못하겠다네요.

흰 구름 한 점

—

파아란 하늘 가
떠도는 흰 구름

사랑 노래 끝없이 흐르는
어딘가의 강가에서
보라빛 코스모스처럼 살고 있을

보고픈 그 사랑 찾으러

가슴 가득 추억 안고
오늘도 길 떠나는
흰 구름 한 점.

여우비

—

후두두둑 후두두둑
지붕 두들기던 세찬 비

언제 그랬냐고
금세 그치고 햇살 반짝 난다

여우가 지나갔나?

그렇다면
지금 내 안의 아픔은
언제쯤
여우가 나타나 물고 가려나.

슬픈 자목련

—

은은한 풀향기
연둣빛 산허리 감쌀 때

한 해를 기다려 온 자목련
님 향한 그리움을
붉은 꽃봉오리에 담아
잎새보다 앞장서 내밀었는데

얼마 지나지도 않았건만
야속한 하늘은 며칠째
애타는 꽃잎 위에 찬 비 뿌린다

북녘 님 보려면
또 한 해 참아야 할 운명이기에
입술 깨문 자목련

눈물인 듯 뚜욱 뚜욱
붉은 꽃잎만 떨구고 있다.

* 목련은 잎새보다는 꽃이 먼저 피고, 거의 모든 꽃봉오리는 북쪽을 향한
  다고 합니다. 꽃말은 '고귀함'이고요.

양재천 맑은 물

도심을 가로지르는
화사한 벚꽃길 둑방 밑으로
해맑게 반짝이는 잔물결 위엔

누가 띄워 보냈을까,
연분홍 꽃잎 손잡고 가는
노랑 종이배 윙크하는데

바윗돌 징검다리 사이
철없는 잉어들 술래잡기 하고

어릴 적 함께 놀던
피라미 친구들도 이사 와 있는
이곳 양재천에는

고향의 추억이 흐르고 있다.

와인잔 그대 입술

—

향기 품은 별 하나
그대가 내게 왔을 때

장미꽃 식탁에는
촛불 빛나고
와인잔 발그레 물이 들었지

나비처럼 흐르는 그대 밀어에
사르르 이 가슴 젖어 있는데

속 모르는 시간은 흐르고 흘러
그대 총총히
밤의 빗속 떠나갔지만

남겨놓은 정표인가,
분홍빛 미소 짓는
와인잔 그대 입술.

장미의 아픔

—

아름다운 꽃
향기로운 꽃이라 칭찬하지만

우리네 삶에도
기쁨과 슬픔 찾아들고

다른 꽃보다
때로 더욱 아픈 것은

비바람 몰아치는 어느 날
믿어 온 이웃이
사랑하는 자식이 불쑥 내미는

뜻밖의 차가운 가시 때문에

때로는 빨간 웃음 속
아픔을 감추는 꽃이랍니다.

비 내리는 밤

—

깊은 밤이 촉촉이 비에 젖으면
뒷골목 포장마차로 발길이 간다.

흔들리는 천막 위 높은 하늘엔
보이지 않아도 착한 별들 빛나겠지만

별을 가려 미안하다는 주인아줌마가
기분 풀이로 틀어 주는 유행가 한 곡,
사랑은 야속하고 세월은 무정하다는데

저편 식탁 위에선 정치 싸우고
이편 식탁 위로는 이별 아파도
미움 지우고 마시는 술 취하질 않는다

이렇게 촉촉이 비 내리는 밤
취할 듯 취할 듯 취하지 않는 까닭은
우리네 삶 구석 구석이 안주 되기 때문이며

술과 빗물 어우러져
힘든 세상 고달픈 하루를
스르르 닦아 주기 때문이다.

내일 약속

청솔 되어

—

피할 수 없기에
터벅터벅 들어서는 음식점 거울에서
문득 나를 만난다

또 가야 할 내일을 위해
오늘을 치장해야 하는

저 거울 속에 비친 내 삶이
빈 웃음처럼 안쓰럽다

그래,
언젠가 이 땅에
또다시 와야 한다면

차라리
착하고 푸른 하늘만 생각해도 되는
한 그루 청솔로 살고 싶다.

너른 품 바윗돌
—

푸른 계곡 맑은 물 가
다소곳이 앉은 그에게

지나던 사람들
때로는 밟고 가고
때로는 걸터앉아

삶에 지친 숨소리
거칠게 벗어 던진다 해도
넉넉히 받아 주는 그

욕심보다는 나눔으로
다툼보다는 사랑으로 다진 영혼
한 잎 한 잎 나누어 주며

오늘도 푸른 하늘
맑은 햇살 안고 있는
너른 품 바윗돌.

기부천사 아줌마

—

'고등어 있어요, 갈치가 싸요'
비린내 가득한 시장 틈에서
외치다가 목이 쉰 그 아줌마

남편 뜨자 이 골목 들어와
배고파 배고파 보채던 아들 하나
눈물 젖은 빵으로 키워
이제야 중학교 졸업반인데

모진 가난 미워서 이 세상 떠나간다는
신문 속 세 모녀 사연에
흐느껴 흐느껴 밤새 울고서

영결식에 쓰라며
또 다른 가난에도 쓰라며
따스한 목돈 신문사에 내놨다

그 아줌마 돈엔들
안타까운 눈물 어찌 없으랴
가슴 치는 사연 어찌 없으랴

그래요,
이제 그대 이름은 천사
가슴도 날개도 따스한 기부천사.

˚ 2014년 추운 겨울날, 가난의 고통 지우려 차라리 떠난다는 세
모녀. 남긴 편지 속엔 월세 석 달 밀려 죄송, 죄송하다는 착한
마음. 그리고 따뜻한 사랑과 눈물 아는 기부천사 아줌마. 지금
도 부끄러운 나는 가슴 저민다.

거울에게

—

가끔은 나도 깜박거리는
내 나이도
내 흰 머리칼 숫자도

너는 알고 있겠지
이렇게 속속들이 모든 것
빤히 보며 아는 너

어쩌면 내 가슴속
긴 긴 세월 품어 온
아련한 이 사랑도
네가 알 것만 같아

오늘 또 마주 보고 선

거울아

난 네가 살짝 두렵다

언젠가는 누군가에게

슬며시 이 사랑 보여 줄까 봐.

석촌호수 토끼와 거북이

—

옛날 옛적
달리기에 졌다고
식식거리던 토끼

용궁까지 데려갔건만 결국 속았다고
분통 터지던 거북이

오늘은
은빛 분수 솟구치는
호수의 꼬마 섬에 마주 앉아
도란 도란 밝은 이야기
악수 나누는

초록 물결 석촌호수에
용서와 화해의 노래 흐르는데

갈등 속 우리네 삶
밝은 그 노래 언제 오려나.

° 흔히 토끼와 거북이는 개와 고양이처럼 앙숙이라고 말하지만
  ― 그러나 석촌호수에 살고 있는 그 둘을 만나 보시면 ― 화해
  무드가 아주 그냥 깨소금 맛이지요.

북녘 고향

—

몇 해 전
북에서 건너 온 경비 아저씨

명절 때면 안타까움에
가슴 저민다

남겨 둔 친척들 보고 싶고
그보다 큰 것은 미안함인데

동네 분들 내미는 마음
새 담요, 새 운동화, 고운 옷가지

감히 만지지도 못했던 것들
보낼 길은 없을까,
북녘 하늘 바라보며
이슬 맺힌다.

사랑 감추기

—

커피향 은은한 카페에서
고운 노래 흐르는 음악실에서
그토록 가슴 뛰고 설레었지만

차마 그 말은 할 수 없어요
말하고 나면

혹시는 모자라는 내 탓으로
지금의 향기 상할까 두렵고
모든 것 다 잃을까 가슴 조여서

운명의 여신이 꺼낼 때까지
꼭 꼭 숨겨둘 거예요,
사랑이란 그 말을.

벚꽃 이별

—

따스한 밀어로
고운 꿈 펼쳐 주던 벚꽃

그 화사하던 분홍 입술에
오늘은
차가운 밤비 맺히고

별들이 잠든 사이
말없이 흔들리며 꽃잎 날린다

되돌아올 수도 없이
떠나야만 하는

가로등 밑 그대 그림자엔
끝없이 슬픔 흐르는데

찬 바람 속
분홍빛 눈물 흩날리며
아프게 아프게 벚꽃이 진다.

적단풍

—

찬 바람 가을 되어야 남들은
단풍의 깊은 맛 알게 되는데

태어나던 봄부터 일찍 철들어

삶이란
향기 안에 지니고
은은한 기품으로 익어 가야 한다는 것

말없이 몸으로 보여 주는가,
봄비로 새 단장한 붉은 적단풍.

초록빛 청솔에게

—

맑은 하늘 바라보며
초록 마음 다져 온 그대

뜨거운 여름 햇볕에도
차디찬 겨울 눈보라에도

한결같이 지켜온
맑은 네 눈빛
바른 네 몸짓으로

세상의 먼지 속
지친 가슴들 풀어 주며

올곧은 정신
당당한 삶이라는

초록빛 그 모습 오늘도 향기롭다.

아들에게 주는 편지

—

새 하루가 열리면
또다시 경쟁과 기회 시작되는데
연습경기엔 지더라도 웃을 수 있고

낡은 저 건물은
새 잣대 새 옷의 재건축으로
다시 설 수 있지만

우리 삶에는
연습도 재건축도 없기 때문에

마주치는 유혹들이 손을 내밀 때
다시 한 번 짚어 보는
자기관리(自己管理)의 법을 지니고

이루고 싶은 표상을 위해
되돌아오지 않을 이 시간,
오늘을 가치 있게 관리해야지.

송해길에서

—

누군가 그리워지는 날
우연히 탑골공원 옆길 걸으면
누구라도 반갑게 맞아 주는
푸근한 얼굴이 있다

쌓인 피로 녹이는
커피 한잔의 일요일
'전국' 하고 그 얼굴 선창을 하면
'노래자랑' 화답소리 울려 퍼지고,

무대 위 오르면 웃는 얼굴들
선생님 할아버지 따져 불러도
편하게 편하게 불러 주는
'송해 오빠'가 좋다.

그 오빠 즐겨 걷던
낙원동 풋풋한 송해길에는
고향의 맛 살아 나는 곰탕집과
사람 내음 정겨운 이발소 있어

비 내리는 오늘도 그곳에 가면
송해 오빠 빗속에도 손을 내민다.

호숫가에서

산사(山寺)의 밤

—

그대 떠난 가슴 한편
남아 있는 아쉬움과 그리움

모두 떨치려 찾아온 산사

초록빛 어둠의 솔숲에
스쳐가는 한 줄기 바람
고요 속 풍경(風磬) 흔들어

잠재우던 아쉬움
오히려 깨워 내고

솔숲 가득 부엉이 울음 번지면
그리움만 가득 차는 산사의 밤.

꽃무릇

—

고운 빛깔 그 님 보고파
차가운 눈, 따가운 햇볕
힘겹게 이겨온 초록 잎새

긴 긴 기다림에 지쳤는가
은하수 흐르던 밤
아픈 가슴으로 스러졌는데

뒤늦게 쫓아온
꽃무릇 붉은 송이

이 밤도 갈바람 속
애타는 그리움만 뿌리고 있다.

* 상사화와 꽃무릇은 서로 비슷하지만 조금은 다르답니다. 대체
  로 상사화는 여름에 분홍색 꽃이 피고, 꽃무릇은 가을에 진홍
  색으로 피는데, 둘 다 잎이 지고 나야 꽃이 피기에 서로 만날 수
  없어 안타까운 꽃이랍니다.

피라미의 추억

—

까까머리 어린 시절

예쁘고 날씬한 너의 자태에
취한 듯 설레며
손 잡았다 놓치고, 놓쳤다 또 잡으며

두 무릎이 깨져도
즐겁게 놀던 친구였지.

또다시 찾아 온 이 시냇가
저녁 햇살에 은빛 몸매 반짝이는
널 위해 노래할 테니

붉은 노을 가득 채운
오늘 밤 파티에는
작은 내 잔도 하나 놓아 주게나.

발자국

—

모두가 걷던 이 길
지난밤엔 흰 눈 쌓였는데

문득 만나는
헝클어진 발자국들

먹이 찾는 탐욕의 냄새도 나고
이기심뿐인 정치판 얼룩도 스친다

아직은 더 가야 할 이 길
때로 찬 바람에 흔들리기도 하겠지만

향기까지는 없더라도
지켜온 마음
흐트러지진 않아야지,

지나온 내 발자취
남 몰래 지울 수는 없으니까.

벌판의 허수아비

—

뜨거웠던 여름 내내
소리치며 풍요 지키던 허수아비가

오늘은
태풍에 쓸려 버린 벌판에 서서
쓰라린 가슴으로 두 눈 감는데

쫓고 쫓기는 술래싸움으로
이제는 정이 든 참새 아저씨

힘 빠진 허수아비 어깨에 앉아
토닥토닥 위로 건넨다

'사는 게 다 그런 거지
개었다 흐렸다 하면서도
분명코 내일이 열리는 거지'

그 참새 밀치지 않는
허수아비 가슴 속에는
아픈 인내가 감돌고 있다.

내 탓이오

—

명동 성당 향하는 길
앞에 선 낡은 차
꽁무니의 스티커엔

'내 탓이오' 선명하다

혹시는 뒤차가 받아도
조금은 내 탓이라는 겸손함일까

내 집 앞 골목길
빗물에 미끄러진 아이의 상처
회식 자리 높았던 친구들 언성
다 큰 자식들 애태우는 모습도

모든 것이
어딘가 얼만가의 내 탓이려니

나도 그 스티커
차에, 가슴에 붙여야겠다.

붉은 노을

—

서쪽 하늘 물들이는
붉은 노을빛이 시리도록 곱다

어린 아가 걸음으로
동동거리며 떠올라

세상의 먼지와 소음 속에서
지나야 할 힘든 일정 치루어 내고

이제는 오늘을 지워야 할 시간
지녔던 모든 것 비우기 위해

만났던 사랑과 추억
마지막 정열까지 불사르고 있는

이 저녁 붉은 태양
이 저녁 붉은 노을이
차라리 핏빛 되어 가슴 저민다.

클로버 이야기

—

새로운 네잎 찾으려고
이슬 맺힌 세잎 밟지 말아요

네잎 꽃말 행운이지만
세잎의 그것은 행복이에요

나타난 그 여인 행운처럼 보여도
진정 사랑하고 있는
당신 앞의 여자가 행복일 테니

떠나지 말아요
변치 않는 향기의 길
둘이서 함께 걸어요.

아버지의 술잔

—

씩씩한 듯 긴 세월 지켜 오던
아버지 넓은 어깨가

요즘엔
스치는 바람결에 지쳐 보인다

시집간 딸 잦은 이사 소식에
슬며시 걱정 스치고

오늘도 새벽에 들어서는
늦총각 아들 때문에
어머니는 애타게 소리치는데

그래도 그 아들 방 불 켜주고
그래도 그 어머니 등 쓸어 주는

이 밤
아버지의 술잔에는
술보다 짙은
평화의 기도가 출렁거린다.

언덕배기 어선들

—

오늘도 전어 떼 몰려 가는데

무슨 까닭일까,
바닷가 언덕배기 위에
옹기 종기
어선들 올라 앉았다

그래,
지난날 엄청나게 잡아갔다고
소리치며 달려드는 푸른 파도에
그토록 매 맞고 시달렸으니

이제는 좀 쉬고 싶겠지
성난 파도 몰래
별처럼 고운 꿈도 꾸고 싶겠지.

어머니 마음

—

다들 비슷했을까
육이오 고난의 시절

꼬마 아들들 주워 모은 담배꽁초
밤새 말아 넘기고서

흙먼지 날리는 길가에 앉아
손두부 몇 모 팔고 있던 어머니

다섯 아들 대학 보내려
양말 기워 신으면서
고생 고생 사셨는데

구십육 세 가실 때
누가 봐도 잘사는 자식들 손 잡으며

눈으로 말하신 당부 한마디
'잘살아야 한다, 잘살아야 한다'

아내에게 보내는 편지

—

반짝이는 별 하나
당신은 내게로 와서
정성 가득 밥상이 되고
신비한 약손이 되어
아이들에게 나에게
초록빛 에너지를 주었지
때로는 조그맣게 기쁜 밤에도
때로는 고뇌하며 흔들리던 밤에도
별들의 노래
평화의 노래를 불러 주었지

그래요, 당신은
말없이 빛나는 보석
우리 집 가보예요
지금은 흰 머릿결
가을 바람에 나부끼는데
아프지 말아요
아프지 말아요
당신 보고 있는
나 또한 가슴 저미게 아프잖아요,
날 보고 웃어요
이제는
내가 당신의 밥상과 약손이 되고
내가 당신의 평화가 되어 줄게요.

오늘도 감사

—

아침이 열리고 나자
어젯밤 정치 얘기로 한바탕한 친구에게
미안하다, 내 탓이다, 악수 청하고

한낮의 쉬는 시간에는
방학이 무섭다는 소년가장에게
이달의 작은 손길 살며시 보냈다

땅거미 질 무렵
불 꺼진 가로등 외로운
골목길 내 집에는

내 탓으로 짜증난다는 아내와 아들
그래도 몸성히 얼굴 보기에

감사합니다,
오늘도 무엇인가 일하게 하고
오늘도 이 삶 허락해 주셔서.

° 야, 신난다, 방학이다' 하면서 즐거워야 하건만 ─ 화단에 걸터
  앉아 내일부터의 점심을 걱정해야 하는 수많은 소년가장, 결식
  아동들 ─ 우리 모두의 아이들인데.

받아 주어요, 그대

—

유리창엔 봄비 흐르고
연회장엔 음악 흐르던 밤

스쳐 가던 그대
빛나던 그 눈빛에
내 가슴 쿵쿵 뛰는데

뿌리치시면 영영 못 볼까 봐
두 손 꼬옥 접은 채
그대 곁만 맴돌았죠

수많은 밤 애태우며
계절이 바뀐 지금

더 이상은 숨길 수 없고
더 이상은 참을 수 없기에

반짝이는 별들 손짓을 따라
그대 향해 달려가려니

붉은 장미 꽃다발 속
숱한 나날 가꾸어 온
내 향기 내 사랑 받아 주어요.

착한 달빛

—

초록빛 숲에서 놀던 달빛
자장가 흐르면
아기방 유리창 스며 들어와
해맑게 웃는 발등 토닥여 주고

늦은 밤
등불 켜든 달빛은
또 하루의 무게로 지친 아버지
터벅이는 골목길 비추어 주며

밤이 더욱 깊어지면
달빛은 산 위로 올라가
잠들고 있는 사람들
은실 금실의 이불 덮는다

되돌려 받지 않고도
베풀며 사는 달빛,

나는 언제쯤에나
달빛의 짚신이라도 될 수 있을까.

함께

고향의 가을 그림

—

차가운 도시의 빌딩을 떠나
알밤 익어 가는
고향의 가을 속에 섰다.

이 저녁 타는 노을은
사르비아 붉은 빛으로 짙어 가는데

성공하러 떠났다는 철이 순이는
오늘을 무슨 빛깔로 물들이고 있을까

소리치며 뜀박질하던 운동장에선
어릴 적 함성이 살아 나는데
정작
학교는 문을 내리고

개구장이 아이들도
어깨 좋은 청년들도 발길 사라져
탐스런 알밤들 뒹굴고 있다

많은 것을 생성(生成)하고도
넉넉함을 지닐 수 없어
모든 것이 허약해진 이 땅에서
지금 우린 무슨 노래를 부를 것인가

이 가을 고향은
안타까운 그리움 속에
안타까운 기다림 속에 앉아 있었다.

가을은 떠나가고

—

산들바람 타고 온 가을은
함께 걷던 길섶마다
분홍 코스모스 차려 주더니

어느새 산 위로 올라가
오색 물감 뿌리며 단풍 만들고
슬며시 산 넘어 떠나 버렸다

착한 듯 아름답게 나타났던 너
이제는
단풍 속에 내 사랑 감춰 버리고
홀로 된 이 발길에 낙엽 뿌린다

결코 나에겐 착하지 않은
이 가을이 남겨놓은 발자국에는
아파도 간직하고픈 한 점의 사랑.

파도의 눈물

—

상처를 아름다움으로 빚어내는
진주조개 사랑하는 파도

하얀 모래밭 속 살고 있다는
착한 그 님 품고 싶어

힘차게 이곳을 오르건만
손에 닿는 것은 남의 껍질뿐,

정녕코 이 모래밭 어딘가에서
노래하고 있을 님 그리며
또다시 올라서는 파도는

오늘도
하얗게 부서지는 눈물 뿌리며
쓸쓸히 빈손으로 되돌아신다.

귀뚜라미

—

또르르 또르르
풀섶 귀뚜라미

달님의 가을 편지
오늘 밤도 읽어준다

꽃들이 풀들이
둥근 달님에 올렸던 소원들 보며

그 님이 보내 주는 사랑의 답장
낭랑한 목소리 밤새워 읽어준다.

그 약속

—

지난날 그 약속
지키려 찾아 왔네
바다 건너는
이별 앞에서
우린 약속했지
일 년 뒤 만나자고
그러나 그대 모습
어디론가 사라졌네

아 - 아 ---

믿었던 그 약속
가슴 속에 깊이 남았는데
어찌하나 내 사랑.

˚ 이 시는 제가 무척 좋아하는 김연숙님의 노래 「초연」을 개사해
  본 것입니다. 오직 좋아한다는 마음으로.

내일은 있다

—

개인 날
흐린 날
누구의 삶에도 다 있지요

어느 날
뜻밖의 시련 만나
갈등과 고통의 시간이라 해도

잠시 후
내일이라는 명약이 오면
모든 것 스르르 닦아 줄 테니

희망을 찾아요,
그것을 꼭 잡아요,

내일이 있기에
희망이 살 수 있는 것처럼

희망 지니면
내일은 분명코 열릴 거예요.

손자 그리움

—

흰 눈 포근하던 날
남산 케이블카 안에서
엄마와 할머니 귓볼 꼬옥 잡은 채
함박웃음 날리는 철부지 손자

먼 길 미국에서 날아와
할머니 품 며칠 뒹굴다 돌아갔지만
케이블카 그 사진이 웃음 뿌린다

지금은
더 먹어라 잔소리 건넬 수 없고
어깨 두들겨다오 주문할 수 없어
밤이면 문득 문득 그리움 솟는데

며칠 전 들려 온 아프다는 소식
할머니 가슴 덜컹 내려 치더니
어젯밤 다 나았다는 밝은 목소리
가슴속 따스하게 불꽃 지핀다

뽀송뽀송해야 한다, 아프지 말고,
너는 엄마의 소중한 보석
할머니의 반짝이는 등불이니까.

이 가을 계곡에서

—

향기로운 꽃, 반짝이는 별
그대와의 그 꿈들 잃어버리고

오늘은
가을빛 짙은 계곡
홀로 서있다

갈바람에 되살아나는
지난날 잔영(殘影)들
이제는 가슴앓이로 파고드는데

마른 갈대 흩날리는
지금 내게 남은 것은 오직
화석이 된 사랑 한 점뿐.

아, 차라리 잠들고 싶다
꿈도 추억도 낙엽 속 묻어 버리고
텅 빈 가슴으로 잠들고 싶다.

아, 아버지

—

이제야 느낍니다,
철없이 지내 온 우리 남매
당신에겐 사랑스런 무게였음을.

우리가 다 큰 뒤에도
뜻밖의 비바람 부딪혔을 때
든든한 울타리 되어 감싸 주시고

때로는 비 내리는 밤
당신의 가슴 속 지녀온 다짐,
가정의 평화 - 가장의 길
술잔 속에 잔잔히 담고 계셨죠

삶이라고 부르는
길고도 험한 길 지나시며
어쩌면 불 꺼진 가로등 뒤
아무도 모르게 눈물 삼키셨을

아, 아버지
이 밤에도 그립고 그립습니다.

연꽃에게

—

진흙 속에 떨어졌어도
어린 싹
맑은 의지로 틔워내고

흙탕물 속 많은 날들
남의 탓도
세상의 원망도 없이
빈 가슴 줄기 세운 너

인내로 기품 다진 오늘에야
붉은 꽃잎 펼쳐 보이며

스치는 실바람에
품어 온 깊은 향기
가슴 맑은 사람들에게 나누어 준다

진흙 위 곧게 선 너
스스로는 말하지 않아도
분명 너는 꽃 중에 귀족.

평창 무대의 그대

—

하얀 산, 새처럼 날아와
날렵하게 썰매 타고,
때로는 유리알 은반
환상의 수를 놓는다

오직 이 무대만을 위해
긴 세월 자기와의 싸움 속
그토록 흘려야 했던 땀과 눈물

그 아픔이
이제는 열정으로 솟구쳐 올라
터지는 찬사
불꽃 같은 함성 빚어내는

이 순간 그대는
아름다운 요정
진한 감동 뿌려주는 또 하나의 별.

° 2018 평창동계올림픽은 북한의 핵무기 개발이라는 긴장 속에서
온 국민이 만들어낸 선물이라고 이야기하지요. 특히 여자 컬링의
'영미, 영미' 열풍은 정말 대박 났지요.

행복의 길

—

눈 밝은 신호등도
똑똑한 이정표도
모른다며 절레 절레 고개 젓기에

이번에는
하늘 높이 노래 띄우는 종달새에게

행복으로 가는 길 물어 봤더니

그들의 삶에도
기쁨과 슬픔
다툼과 용서도 모두 있다며
귓가에 들려준 노랫말 두 줄

미움은 고통의 늪
사랑은 행복의 샘이라 대답하네요.

연

—

푸른 한강 둔치에서
상쾌하게 연이 오른다

가슴 설레는
소년의 꿈을 싣고
빨강모자 사나이의
낭만과 추억을 싣고

휘이익 휘이익
오색의 연 모여 들면
춤추는 하늘의 꽃밭이 되고

때로는 홀로
자유로운 한 마리 새가 되어도
또한 좋으리.

오늘도 설레게 하는
저 하늘의 꽃
저 하늘의 새

연- 연- 연.

가로등 아래

낙엽을 위하여

—

지금은 볼품없다 말들 하지만

그래요, 기억해요
땀방울 식혀 주던
푸르고 싱싱한 그 녹음과
환호성 절로 터지게 하던
화려한 그대 단풍을

이제
누구도 거부할 수 없는 시간이 흘러
그 모습 빛바랬지만

그래요, 기억할게요
본래 그 이름 녹음이었고
본래 그 이름 단풍이었고

씨앗 품어 밑거름 되는 그대는
저기 붉게 타는 저녁놀보다
아름답고 값진 존재인 것을.

커피 생각

—

문득 커피 한잔 생각에
붉은 노을 어리는
넓은 창가 홀로 앉았다

창밖을 스치는 한 줄기 바람
노란 은행잎 가을 노래 띄우건만
시계 따라 도는 발길들 표정도 없고

오늘따라 모든 것
쓸쓸함인데
또다시 날리는 노란 잎 한 장
텅 빈 가슴 한 켠 시리게 한다

그래서 떠오른 것일까
잠시나마 달래줄
다정한 한잔의 커피.

첫눈 맞이

—

덕수궁 돌담길
추억 속에 걷는데

계절의 선물인가
새하얀 첫눈 맞는다

춤추며 내려오는 해맑은 요정
가슴 설레며
두 손 펼쳐 맞이하건만

안타까운 첫사랑처럼

내게는 잡히지도 않고
내게는 머물러 주지도 않는

예쁘고도 얄미운 첫눈.

보낼 수 없는 편지

—

가로등 불빛 아래
흰 눈 날리던 밤

우린 아픈 약속을 했었지
더 이상
사랑이라는 말 쓰지 말자고
아니, 어떤 말도 보내지 말자고

그러나 오늘 또
가슴 터지도록 솟구쳐 올라
찬 바람결에 띄워야만 될

내 심장의 외침
내 영혼의 다짐

사랑해
사랑해 별이 되어도

이 밤에도 차가운 눈
눈물 되어 바람결에 흩날리는데.

돋보기 안경

—

건방져 보인다고
까칠해 보인다고
면접 볼 땐 쓰지 말라며

선생님이 써보여 주시던
그 시절 그 안경

그러나 이제는
안경 쓴 아이들 정말 귀엽고

춤추고 노래하는 무대 위
반짝이는 색안경이
더욱 멋진 요즘에

커피향 흐르는 아침의 창가
향기로운 시 한편 읽어 주는
사랑스런 나의 애첩,

상큼한 그녀는 돋보기 안경.

망각을 기다림

—

찬 바람 겨울 밤
길 건너 마른 가지의 잎새들처럼

아직도 떠나지 못한 아픈 기억들
검은 얼굴 화석이 되어
시린 가슴 속 남아있는데

창 밖을 맴도는 바람
상처뿐인 잎새 흔들다 가고
믿었던 시간마저
그냥 그렇게 지나쳐 갈 뿐,

잎새의 상처 지우고
마음의 족쇄 풀어줄
하얀 망각은 언제 오려나.

겨울 눈꽃

—

풍성했던 잎새도
붉게 사랑했던 열매도
다 떠나 보내고

지닌 것 하나 없이
외로이 선 겨울 나무

그러나 뿌리 깊은 곳
새 봄의 꿈 품고 있기에

착한 하늘은
가지가지마다
하얀 눈꽃 달아 준다

봄꽃보다 더
화사하게 아름다운 눈꽃.

바람에게 묻는다

—

때로는 젖은 길
때로는 마른 길
힘겹게 힘겹게 지나오면서

지금 내 손에 남은 것은
남들 흔히 바라보는
소유와 명예 같은 것들이지만

그러나 오늘
흰머리 날리는 호숫가에서
스치는 바람이 꺼내 보이는 것은
가슴 속 남아 있는 욕구와 번뇌

그것들도 모두 다
마지막 걷는 날까지

사람이기에 품어야 하는 건지
사람이기에 비워지지 않는 건지

바람아,
더 많이 살아 본 바람아
무언가 한마디 가르쳐 다오.

올레길의 주상절리

—

어느 신이 세웠을까,
연필인 듯 크레파스인 듯
매끄럽고 까만 돌기둥들을.

병풍처럼 둘러선 돌기둥 뒤편엔
해맑은 요정들 합창을 하고
돌기둥 사이 사이
초록빛 잎새들 손을 내민다

이 모습 보고픈 푸른 파도는
힘찬 날갯짓하며 달려 오는데
맑은 눈 갈매기
연필 꼭지에 앉아 경치 즐긴다

예쁜 저 연필 한 자루 꺼내
마음 속 그대 모습 그리고 싶은
이곳은 제주도
7번 올레길의 주상절리.

° 죽기 전에 꼭 봐야 할 세계 자연 절경 1001 중의 하나가 제주도 주상절리랍니다(마로니에북스). 흔히 올레길 7번 코스를 아름답다 하면서, 외돌개바위 앞에 발길을 멈추지요. 그러나 더욱 만나기 어렵고 신비한 작품이 가까이에 있는 주상절리지요.

아픈 이별

—

이토록 차갑게
겨울비 내리는 밤

반짝이던 별마저 떠나 버리고
오직 흐느낄 뿐이라는
그대 목소리

그래, 더 이상 아무 말없이
그냥 그렇게 울어 버려요
그 눈물 속 젖어 있을 내 모습

모두 다 쏟아 버리고
모두 다 지워 버리고

맑고 자유로운 종이학 되어
푸른 호수 위에 잠들어 봐요

아픔 속에 보내는 마지막 말은
잊어요,
나도 추억도 잊어야 해요.

낙엽에게

—

꽃도 열매도 잃어 버리고
초라해진 그대

오늘은
찬 바람에 떠날지라도

맴도는 슬픔일랑 지워 버리자,

그대가 품어 주는 씨앗
고운 사랑 머금고 얼굴 내밀면

또 한 번의 만남 되겠지,
따사로운 연둣빛 새 봄에.

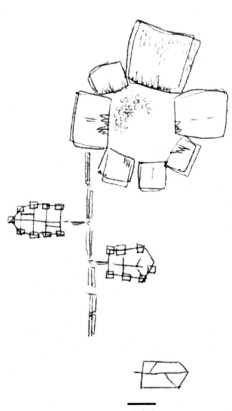

기다림

포장마차 한잔 술

—

지붕도 없이 별이 총총한
이 포장마차에는
구석구석 사연들 오르내리는데

순대 한 접시
소주 한 병과 마주 앉았다

혼자 따르고
혼자 마시는 이 잔에서
무슨 맛이 나올까

친구여 오라
저 세상 있네 없네 다투던 친구도 오고
그토록 무섭던 아내가
죽고 나니 정말 그립다던 친구도 오라

그래,
누군들 그 삶에
짙은 사연 하나 없으랴
누구든지 오게나

내가 따르는 이 한잔엔
술 반 정 반 채우고
반짝이는 저 별 하나 얹어 주겠네.

꽃샘추위

—

차디찬 북녘 바람 몰고 와
동장군(冬將軍)이라 부르며
제일 제일 밉다고 말들 했지만

그러나 뒤돌아보면
산자락 내달리며 흥겹던 썰매
공원에서 웃음 짓던 작은 눈사람
사랑 밀어(密語) 싣고 오던 하얀 눈송이

그렇게 우리는 함께했는데
그렇게 추억도 만들었는데

이제는 스스로 떠나갈 시간,
더 이상은 미워하지 말아요,
오늘 새삼 내미는 꽃샘추위는
추억 안고 떠난다는 마지막 인사.

석촌호수

—

초록 물결 반짝이는
늘 푸른 석촌호수엔

철부지 잉어들 재롱 피우고
날아든 청둥오리들 평화스러워
지나던 흰 구름도 손을 담근다

저녁노을 스치고 간 밤이 내리면
별빛 요정들 물 위에 앉고
바쁜 걸음 달빛도
여기서 쉰다

언제나 누구에게나
넉넉하게 마음 열고
초록 눈빛으로 맞이해 주는

너른 품 석촌호수.

겨울 팽나무

—

수없이 많은 세월
야멸차게 달려드는 폭풍 이기려

잔가지 구부려 인내 키우고
넓게 팔 벌려 평화 지킨 그대

봄부터 초록 물 올려
빛깔 고운 열매와 단풍 키워 왔는데

재촉하는 시간의 손짓 따라서
지난날 영광도 그 사랑도
차가운 바람결에 떠나보냈지

이제는 모든 것 다 비운 채
애틋한 추억만 넘기고 있는

울진 후포리 해안도로 옆
이름도 없이 겸손한 팽나무 하나.

할 수 있다

—

할-뚜-이따 외치면
아기 걸음 대박이도
기어이 미끄럼틀 올라서고

할-수-있다 한마디가
역전의 금메달 따낸다

우리네 삶 어딘가에
아픔과 어려움 어찌 없으랴

가슴으로 외치는 그 한마디엔
용기와 지혜 들어 있기에

부딪칠 내일을 걱정하는 나에게
대박이가 들려주는 한마디 말,
할-뚜-이따.

° 대박이는 축구 국가대표 이동국 선수의 꼬마 아들이고요, 2016
리우올림픽의 펜싱 박상영 선수가 역전승 금메달을 따내는 장
면은 온 국민의 감동이었지요. '할 수 있다'라고 여섯 번 되뇐
자기암시의 힘!

비 오는 날 친구 생각

—

아침부터 내리던 비
퇴근길 무거운 발길 적시면

흔히 그랬듯이
따스한 빈대떡에
텁텁한 막걸리 생각이 난다

걷고 또 걸어야 하는 이 길에서
힘들었던 하루는 어깨 누르고
돌아가서 보일 것은 빈손뿐인데

이렇게
고삐 벗은 저녁마저 비에 젖으면

지친 가슴 풀어 젖히고
한잔 가득 삶의 이야기
허허대며 나누던 친구 그립다.

엄마라는 이름만

—

세상살이에 꼭 필요한
한 걸음 또 한 걸음
한마디 또 한마디를
내 몸에 심어 주시고

그토록 철없이 속을 썩여도
눈물 감춘 미소로 다 주시던

그 엄마 지금은 하늘에 올라
오늘 밤도 별빛 속
정겨운 눈길 주시는데

이제는 아무것도 드릴 수 없는 나
엄마라는 그 이름만
사랑 감싸 또다시 불러 드린다.

겨울 반달

—

다 떠나보낸
겨울나무 빈 가지에
걸터앉은 하얀 반달

반쪽의 몸으로는
발걸음도 힘드는가

지나는 바람
흐르는 시간이 등을 밀어도
가슴속엔 오직
잃어버린 사랑의 그리움뿐인데

그래도 가야 할 길
반쪽짜리 그 발길로 어이하려나.

함박눈 편지

—

아프지 말라고
아프면 안 된다고
그토록 다짐하고 기도했건만

낙엽 지던 가을날
그 님은 반짝이는 별이 되었고

이 겨울밤
가득히 내리는 함박눈

하얀 송이송이마다엔
그 님이 보내오는
포근한 밀어 담겨 있기에

오늘 밤 또다시
가슴 가득 품어보는 함박눈 편시.

코스모스 - 그대

—

가을이 오면
코스모스는 또다시 피어나고

그 분홍의 꽃잎들이
내 가슴 시리게 한다

잊어야 한다는
한마디 말
낙엽처럼 떨구고 간

내
마지막 여인아

그 화사한 미소
그 촉촉이 젖은 눈매

바람 부는 오늘도
코스모스 꽃잎으로 되살아나는데

결코 잊을 수 없는
결코 잊히지 않는

분홍 꽃잎 속의 그대가
이제는 화사한 슬픔이 되어
흔들리는 내 가슴 시리게 한다.

흰 구름처럼

—

땀 흘리며 달려온 큰길 벗어나
이제는 오솔길 들어섰기에

친구여, 어제의 가쁜 숨결 가다듬고서
저 하늘 흰 구름처럼 그렇게 가세

지난날 때로 만났던 거친 바람도
당당한 용기로 타고 넘었고

때로 받았던 그 아픔들도
눈물 감춘 인내로 이겨낸 친구여,

그래, 어젯날 만났던
그 사람 그 사건에도
말 못 한 사연들 어찌 없으랴

이제는 원망도 미련도 다 지우며
정든 친구여,
너그러운 흰 구름처럼 그렇게 가세.

술잔

—

붉은 노을 스치고 간
뒷골목 포장마차
선반 위 기다리던 술잔들

미소 띤 손님들 들어서면
사뿐히 일어나 손잡아 주고

때로는 사나이의
힘겨운 삶의 무게도

때로는 젊은 연인
별보다 빛나는 사랑 밀어도

쓴맛 단맛의 한잔에 담아
촉촉한 눈빛으로 건네어 준다

가슴 가슴 풀어 주는 저 술잔처럼
비 내리는 이 밤
나도 그대의 술잔이 되고 싶다.

삶의 애환을 성찰로 빚어낸 사랑 연가
- 청솔 박예상 시인의 시 세계 -

이경(시인, 문학평론가, 한국문인협회 평생교육원 교수)

박예상 시인의 작품을 보면 시가 시인의 성품을 그대로 닮았다. 따뜻하고 부드러운 심성과 강하지 않아도 구체적 언어의 메시지가 분명히 다가와 공감하게 되고 은은한 깊이가 있다.

연세대학교 상경대학을 나오고 농협중앙회 교육원장을 지낸 분이어서 예의 바르고 언어를 함부로 하지 않는 성품과 시가 잘 어우러져 미소 짓게 하는 특성이 있다. 자연과 사물의 친화적 심상이 좋은 시를 낳고 있다. 즉, 사물의 다양성을 시로 형상화시키는 예능 재주가 돋보이는 시인이다.

1. 자연과 사물에 대한 친화적 심상

붉은 노을 떠나고 나면
어느샌가 밤이 나타나
많은 것을 잠들게 하고
또 많은 것을 눈뜨게 한다

식탁 위 술잔들은 큰 눈을 떠서
모두의 사랑을 담아 나르고,
옥탑방 작가의 눈동자에는
내일의 작품이 싹을 틔운다

어둠이 짙어지면 밤은
전설 품은 달과 별로 수놓아 주고
새벽녘이면
이름 없는 풀꽃에도 이슬을 뿌려
초롱 초롱 아침을 마련해 준다

그래,
새 아침이 싱그러운 것은
밤의 영양이 넉넉한 덕분이고
우리에게 내일이 있는 것은
오늘의 밤 인심이 너그러운 덕분이다.

- 「밤의 송가(頌歌)」 전문

첫 연 '붉은 노을 떠나고 나면/밤이 나타나/많은 것을 잠들게 하고/또 많은 것을 눈뜨게 한다'는 구절에서 흔히 밤에는 아무것도 하지 않는다고 생각하지만, 만물은 밤에도 잉태되고 탄생한다는 것을 시인은 감각적으로 찾아내고 있다.

둘째 연 '식탁 위 술잔들은 큰 눈을 떠서/모두의 사랑을 담아 나르고/옥탑방 작가의 눈동자에는/내일의 작품이 싹을 틔운다'에서 술잔을 큰 눈으로 비유한 상상력이 좋았고, 작가는 밤에도 창작 활동을 통하여 새 작품의 싹을 틔운다는 생명 탄생의 의미를 품고 있는 시적 언어가 탁월하다.

넷째 연에서 '우리에게 내일이 있는 것은/오늘의 밤 인심이 너그러운 덕분이다'라는 밤에 대한 긍정적 의미의 표현이 독자의 마음을 편안하고 여유롭게 이끈다.

상처를 아름다움으로 빚어내는
진주조개 사랑하는 파도

하얀 모래밭 속 살고 있다는
착한 그 님 품고 싶어

힘차게 이곳을 오르건만
손에 닿는 것은 남의 껍질뿐,

정녕코 이 모래밭 어딘가에서
노래하고 있을 님 그리며
또다시 올라서는 파도는

오늘도
하얗게 부서지는 눈물 뿌리며
쓸쓸히 빈손으로 되돌아선다.

-「파도의 눈물」 전문

이 작품에서 상처를 아름다움으로 빚어내는 진주 조개라는 시적 화자는 시인의 삶에 들어있는 체험적 존재인 듯하다. 그러나 때로는 뜻대로만 되지는 않는 안타까움을 파도와 함께 아파하고 있다. 이 모습이 '착한 그 님 품고 싶어/힘차게 이곳을 오르건만/손에 닿는 것은 남의 껍질뿐/ ⋯ /쓸쓸히 빈손으로 되돌아 선다.'라는 극적 효과로 형상화한 시가 되어 뛰어났다.

다 떠나보낸
겨울나무 빈 가지에
걸터앉은 하얀 반달

반쪽의 몸으로는
발걸음도 힘드는가

지나는 바람
흐르는 시간이 등을 밀어도
가슴속엔 오직
잃어버린 사랑의 그리움뿐인데

그래도 가야 할 길
반쪽짜리 그 발길로 어이하려나.

- 「겨울 반달」 전문

이 시는 반달을 반쪽 몸이라고 비유하며 의인화한 시 세계다. 시인이 반쪽 몸의 뒷모습을 잃어버린 사랑의 그리움뿐이라는 언어로 형상화시킨 것이 좋았고, 시인은 '그래도 가야 할 길/반쪽짜리 그 발길로 어이하려나'라며 반달과 한 몸이 되어 안타까운 심상을 표출한다. 반달이 차츰 둥근달 되는 것을 모를 리 없지만, 남들은 지나칠 반쪽의 보이지 않는 아픔을 새롭게 끌어 내기에 시 전체에 흐르는 낯설기 법이 맛을 더해 준다.

2. 사랑이 숨 쉬는 노래

차가운 도시의 빌딩을 떠나
알밤 익어 가는
고향의 가을 속에 섰다.

이 저녁 타는 노을은
사르비아 붉은 빛으로 짙어 가는데

성공하러 떠났다는 철이 순이는
오늘을 무슨 빛깔로 물들이고 있을까

소리치며 뜀박질하던 운동장에선
어릴 적 함성이 살아 나는데
정작
학교는 문을 내리고

개구장이 아이들도
어깨 좋은 청년들도 발길 사라져
탐스런 알밤들 뒹굴고 있다

많은 것을 생성(生成)하고도
넉넉함을 지닐 수 없어
모든 것이 허약해진 이 땅에서
지금 우린 무슨 노래를 부를 것인가

이 가을 고향은
안타까운 그리움 속에
안타까운 기다림 속에 앉아 있었다.

- 「고향의 가을 그림」 전문

이 작품은 어린 시절에 뛰어놀던 고향에 돌아와 바라보는 지난날의 회상과 오늘날의 실상을 은유로 비유하면서, 안타까움에 젖는 시인의 마음이 짙게 묻어난다. 이 시의 시적 화자는 고향과 고향의 사람들로 설정하였는데, 읽는 이의 마음을 찡하게 만드는 안타까운 고향 사랑이 울림으로 남는다.

지금은 볼품없다 말들 하지만

그래요, 기억해요
땀방울 식혀 주던
푸르고 싱싱한 그 녹음과
환호성 절로 터지게 하던
화려한 그대 단풍을

이제
누구도 거부할 수 없는 시간이 흘러
그 모습 빛바랬지만

그래요, 기억할게요
본래 그 이름 녹음이었고
본래 그 이름 단풍이었고

씨앗 품어 밑거름 되는 그대는
저기 붉게 타는 저녁놀보다
아름답고 값진 존재인 것을.

- 「낙엽을 위하여」 전문

다섯째 연 '씨앗 품어 밑거름 되는 그대는/저기 붉게 타는 저녁놀보다/아름답고 값진 존재인 것을'. 이 시의 시작은 단풍과 낙엽이라는 객관적 화자로 흐르다가 은연중에 낙엽을 그대라고 부르는 대화체로 유도하고 있다. 지금의 낙엽(노년층)도 지난날에는 화려한 녹음이며 단풍이었고, 이제는 씨앗 품어 주고 밑거름 되어 주는 아름답고 값진 존재라고 낙엽에 대한 사랑을 제시하면서, 시인은 긍정적 리얼리티 감성을 펼치는 기법을 보여준다.

그대 떠난 가슴 한편
남아 있는 아쉬움과 그리움

모두 떨치러 찾아온 산사

초록빛 어둠의 솔숲에
스쳐가는 한 줄기 바람
고요 속 풍경(風磬) 흔들어

잠재우던 아쉬움
오히려 깨워 내고

솔숲 가득 부엉이 울음 번지면
그리움만 가득 차는 산사의 밤.

- 「산사(山寺)의 밤」 전문

이 시는 떠나버린 그 사람을 잊기 위해 산사를 찾아 왔으나 '잠재우던 아쉬움/오히려 깨워 내고/솔숲 가득 부엉이 울음 번지면/그리움만 가득 차는 산사의 밤'이기에 오히려 더욱 그리워진다면서 읽는 이의 마음을 흔드는 역설법을 맛깔스럽게 쓰고 있다.

푸른 계곡 맑은 물 가
다소곳이 앉은 그에게

지나던 사람들
때로는 밟고 가고
때로는 걸터앉아

삶에 지친 숨소리
거칠게 벗어 던진다 해도
넉넉히 받아 주는 그

욕심보다는 나눔으로
다툼보다는 사랑으로 다진 영혼
한 잎 한 잎 나누어 주며

오늘도 푸른 하늘
맑은 햇살 안고 있는
너른 품 바윗돌.

- 「너른 품 바윗돌」 전문

셋째 연 '삶에 지친 숨소리/거칠게 벗어 던진다 해도/넉넉히 받아 주는 그', 여기에서 시인은 바윗돌을 긍정적 성품으로 의인화하고 있다. 그리고, '욕심보다는 나눔으로/다툼보다는 사랑으로 다진 영혼/한 잎 한 잎 나누어 주며' 부분에서 거친 사람과 너른 성품 바위를 대조시키면서, 모더니즘(Modernism) 경향을 시인과 바윗돌 간의 교감을 통해 하모니(Hamony)로 나타내고 있는 작품이다.

3. 삶의 애환과 성찰

피할 수 없기에
터벅터벅 들어서는 음식점 거울에서
문득 나를 만난다

또 가야 할 내일을 위해
오늘을 치장해야 하는

저 거울 속에 비친 내 삶이
빈 웃음처럼 안쓰럽다

그래,
언젠가 이 땅에
또다시 와야 한다면

차라리
착하고 푸른 하늘만 생각해도 되는
한 그루 청솔로 살고 싶다.

- 「청솔 되어」 전문

셋째 연에서 '저 거울 속에 비친 내 삶이/빈 웃음 처럼 안쓰럽다' — 그래서, '착하고 푸른 하늘만 생각해도 되는/한 그루 청솔로 살고 싶다' — 인간은 누구나 완전한 사람은 없다. 그러기에 좋은 삶을 위해 끊임없이 노력하다 떠나는 것이 인생이라 하겠다. 하지만 내가 보는 박 시인은 나름대로 최선을 다해 바른 자세로 살아 왔으니, 한순간의 빈 웃음은 잊어버리고 당당하게 걷기를 권하고 싶다.

지붕도 없이 별이 총총한
이 포장마차에는
구석구석 사연들 오르내리는데

순대 한 접시
소주 한 병과 마주 앉았다

혼자 따르고
혼자 마시는 이 잔에서
무슨 맛이 나올까

친구여 오라
저 세상 있네 없네 다투던 친구도 오고
그토록 무섭던 아내가
죽고 나니 정말 그립다던 친구도 오라

그래,
누군들 그 삶에
짙은 사연 하나 없으랴
누구든지 오게나

내가 따르는 이 한잔엔
술 반 정 반 채우고
반짝이는 저 별 하나 얹어 주겠네.

- 「포장마차 한잔 술」 전문

156

다섯째 연에서 '그래/누군들 그 삶에/짙은 사연 하나 없으랴/누구든지 오게나/내가 따르는 이 한 잔엔/술 반 정 반 채우고/반짝이는 저 별 하나 얹어 주겠네'. 이 작품은 삶의 쓴맛 단맛 다 지나며 성공한 사람에게도 외로움과 고독이 있음을 보여 준다. 그러기에 삶의 희, 노, 애, 락을 지나는 인생 여정에서 한잔 술을 놓고 친구와 회포를 풀고 싶은 것이다. 마지막 연에서 반짝이는 저 별 하나 얹어 주겠다며 멋지게 마무리하는 박 시인의 가슴속엔 시의 별이 늘 반짝일 것이다.

때로는 젖은 길
때로는 마른 길
힘겹게 힘겹게 지나오면서

지금 내 손에 남은 것은
남들 흔히 바라보는
소유와 명예 같은 것들이지만

그러나 오늘
흰머리 날리는 호숫가에서
스치는 바람이 꺼내 보이는 것은
가슴속 남아 있는 욕구와 번뇌

그것들도 모두 다
마지막 걷는 날까지

사람이기에 품어야 하는 건지
사람이기에 비워지지 않는 건지

바람아,
더 많이 살아 본 바람아
무언가 한마디 가르쳐 다오.

- 「바람에게 묻는다」 전문

넷째 연, '그것들도 모두 다/마지막 걷는 날까지/사람이기에 품어야 하는 건지/사람이기에 비워지지 않는 건지/바람아, 더 많이 살아본 바람아/무언가 한마디 가르쳐 다오', 여기에서 시인의 겸손하고 순수한 마음이 번뇌로 나타나고 있다. 흔히는 떠날 때에 자식들에게 물려주려 하는데, 시인은 지나온 길에서 얻은 것들이기에 이제는 욕심을 비우고 사회에 나누어야 하는 건지, 통상적 이기심을 부려 가족에게 넘겨야 하는 건지, 또 다른 지혜가 있는지, 고민하고 있다. 그래서 더 많이 살아본 바람에게 물어 보고 싶은 시인의 번뇌가 해학적 위트(Wit)로 여운을 던진다.

모두가 걷던 이 길
지난밤엔 흰 눈 쌓였는데

문득 만나는
헝클어진 발자국들

먹이 찾는 탐욕의 냄새도 나고
이기심뿐인 정치판 얼룩도 스친다

아직은 더 가야 할 이 길
때로 찬 바람에 흔들리기도 하겠지만

향기까지는 없더라도
지켜온 마음
흐트러지진 않아야지,

지나온 내 발자취
남 몰래 지울 수는 없으니까.

- 「발자국」 전문

사람에게 발자취는 그 삶에서 남겨진 인생관과 철학의 흔적이다. 둘째 연에서 '헝클어진 발자국들/먹이 찾는 탐욕의 냄새도 나고/이기심뿐인 정치판 얼룩도 스친다'. 시인은 헝클어진 발자국을 보면서 현실 속의 많은 모습을 찾아내고, 그와 함께 자신의 발자취도 살펴보고 있다. '향기까지는 없더라도/지켜온 마음/흐트러지진 않아야지'. 자신의 삶을 살펴보는 겸손한 자세가 오늘의 좋은 시인으로 서게 만든 밑받침이라고 생각된다.

지금까지 여러 편의 작품을 통해 이 시들 속에는 시인의 품성과 철학이 짙게 배어 있음을 보았다. 한 사람의 시인이 태어난다는 것은 결코 우연도 아니고 쉬운 일도 아니다. 그의 삶 속에 수많은 수련과 성찰이 있었기에 시도, 시인도 태어나는 것이다. 그러기에 시인은 존경받을 수 있는 존재인 것이다. 박예상 시인은 이번의 시집과 앞으로의 문학활동을 통해서 우리 문단에 또 하나의 별이 되어 반짝일 것임을 믿는다.

더욱 정진하기 바라며, 큰 박수를 보낸다.